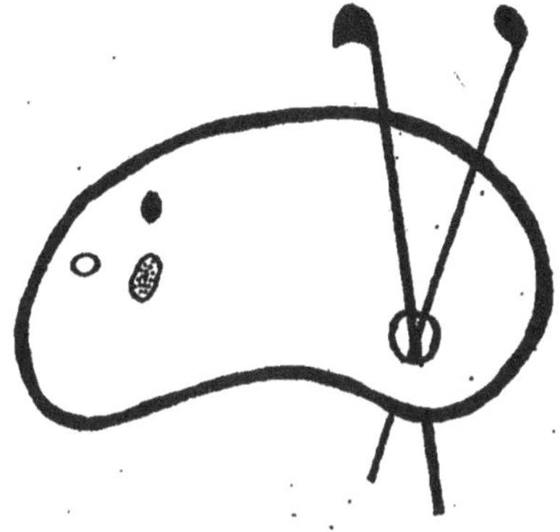

DEBUT D'UNE SERIE DE DOCUMENTS
EN COULEUR

Dʳ Eugène **LOMIER**

- Lauréat de l'Institut -

Anatole France

à

Saint-Valery-sur-Somme

Préface de **THÉO VARLET**

ÉDITION DE LA REVUE DES INDÉPENDANTS

PARIS

Grande Librairie Universelle : 84, Boulevard Saint-Michel

PARIS (VIᵉ)

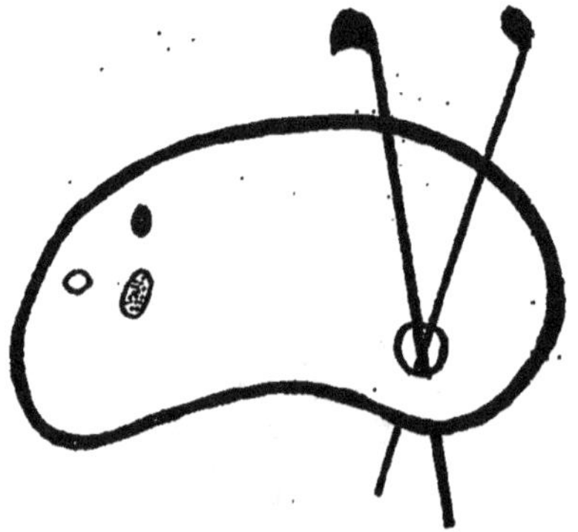

FIN D'UNE SÉRIE DE DOCUMENTS
EN COULEUR

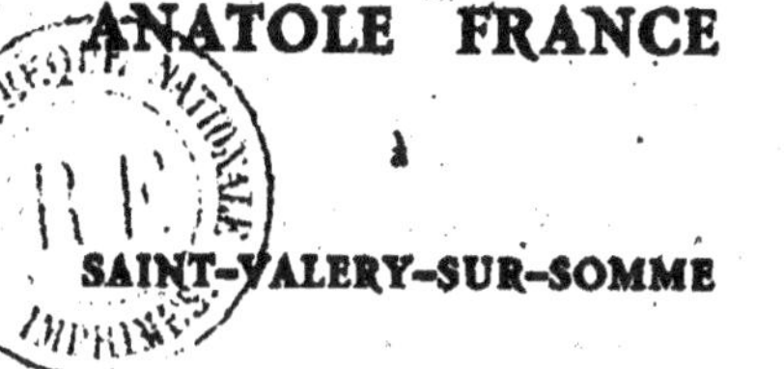

ANATOLE FRANCE

à

SAINT-VALERY-SUR-SOMME

Dr Eugène LOMIER

*Ex-médecin-inspecteur des
Écoles de la ville de Paris*

Anatole France

à

Saint-Valery-sur-Somme

Préface de THÉO VARLET

ÉDITION DE LA REVUE DES INDÉPENDANTS

PARIS

Grande Librairie Universelle : 84, Boulevard Saint-Michel

PARIS (VIe)

Anatole FRANCE

en 1896

DATE DE SA RÉCEPTION A L'ACADÉMIE FRANÇAISE

(Bibliothèque Nationale - Cabinet des Estampes)

INSCRIPTION

DE LA PLAQUE COMMÉMORATIVE

En l'an 1886, derrière ces fenêtres

ANATOLE FRANCE

a médité et rédigé " Pierre Nozière "

« De la chambre où j'écris on découvre
toute la baie de Somme... Un vent salé
fait voltiger les papiers sur ma table
et m'apporte une âcre odeur de marée. »

PRÉFACE

Il est des sites plus grandioses, plus riches en couleur, plus violemment pittoresques ; mais j'en connais peu d'aussi captivants que celui de Saint-Valery.

Charme inépuisable des estuaires, ces coins privilégiés des côtes où se manifeste dans toute sa grandeur la respiration océanique de la planète, que l'on nomme la marée... Sur la vaste scène de la baie de Somme, entre les verdures qui l'encadrent, se jouent les changements à vue, les transfigurations que peuvent produire sous un ciel variable à l'infini, les passages du sec à l'humidité et réciproquement. Sables démesurés où luisent les flaques laissées par le jusant; solitude et vent, cris rouillés des mouettes, piaulis des courlis, grincement d'un cormoran... L'invasion du flot ramène la longue guirlande des barques, esquissant grâce aux sinuosités du chenal les figures d'un féérique ballet. Là-bas, flottant sur l'horizon du large, le Hourdel simule je ne sais quel bout du monde; et la rive du Crotoy recule sa frise de fond dans une lumière laiteuse et nacrée... Et, du haut de la digue, entre le golfe et l'ancienne falaise devenue un bosquet gazouillant, on suit comme d'un balcon de rêve les prestiges innombrables des eaux et de la lumière.

Ce paysage qu'il eut devant les yeux lorsqu'il séjourna quelques semaines à Saint-Valery, ce paysage harmonieux, aux lignes simples, mais si chatoyant et plein de variété successive, devait plaire à l'esprit nuancé, infiniment subtil d'Anatole France. J'imagine aussi que le père intellectuel de Jérôme Coignard et de Jacques Tournebroche, accoudé à sa fenêtre ouverte sur la digue, n'a pu manquer de savourer, tout autant que les aspects naturels et picturaux, tels spectacles humains qui offraient à son cerveau ingénieux un thème de fécondes ratiocinations sur la relativité du progrès. Il a vu les primitifs pêcheurs en vareuse couleur

*de lan, qui montent avec des gestes toujours pareils leurs barques
à peine modifiées depuis l'aurore des civilisations. Il a vu passer
la chaloupe des « lamaneurs », ces hommes qui s'en vont au
jusant pour déplacer comme il sied les bouées rouges ou noires
grâce à quoi se repère la passe du chenal sans cesse en vagabon-
dage sur l'immensité des sables. Il les a vus ramer debout dans
leur chaloupe archaïque, avec un effort saccadé de leurs longs
avirons, et il a songé aux matelots du vieil Ulysse manœuvrant
leurs nefs noires dans le port d'Ithaque... Et cependant, presque
du même coup d'œil, il pouvait apercevoir à l'horizon, au ras des
rideaux d'arbres fermant la baie du côté de Noyelles, se dévider
la blanche vapeur d'un rapide, un de ces rapides qui dans une
heure à notre gré, nous tireront de cette zone enchantée de l'estuaire
où rêve pacifiquement la nature et où s'attardent quelques traits
épisodiques des temps révolus, pour nous reverser dans le torrent
circulatoire de la civilisation accélérée.*

*D'avoir été contemplé par l'œil d'un génial écrivain ou d'un
personnage illustre, il semble qu'un pays en prenne un surcroît
de force émotive. C'est comme un visage nouveau qui s'ajoute
en surimpression à l'aspect original des choses et y insère l'inté-
rêt plus humain des œuvres ou des événements associés à ces
grands noms.*

*M. le docteur Lomier le sait bien, qui a tenu à ce que fut com-
mémoré par une inscription le passage d'Anatole France à Saint-
Valery « Valericain depuis plus de trois cents ans », comme il
se plaît à le répéter, le docteur Lomier n'ambitionne pas pour sa
cité natale un grand passé d'histoire, surchargé de fresques écla-
tantes. Mais, avec une piété inlassable, il s'efforce de poser des
repères lumineux autour desquels irradie une époque ou un
domaine de l'esprit.*

*Anatole France n'est pas le seul hôte littéraire éminent que pos-
séda Saint-Valery. Victor Hugo y a écrit « Oceano Nox », Alexan-
dre Dumas fils y a séjourné ; d'autres encore, moins célèbres... Et
dans l'ordre historique, il y aurait toute une énumération à faire
des grands visiteurs qui ont posé sur la baie le rayonnement de
leur présence, depuis Walaricus ou Gualaric, le saint évangéli-
sateur du pays, au VIIe siècle, jusqu'à Napoléon Bonaparte
en tournée d'inspection navale, en passant par Guillaume de*

Normandie (qui réussit, lui, la conquête d'Albion) Jeanne d'Arc et plusieurs rois de France; Louis XIII, François Ier.

Bien entendu, le Docteur Lomier ne se propose pas de mener campagne en faveur de l'apposition de plaques commémoratives pour chacun d'eux. Grâce à la sobre inscription due à ses soins, le passant qui traverse l'antique porte Guillaume (si pittoresque avec sa floraison de « barbes de Jupiter » rouges et blanches, en juin, et en juillet ses touffes de jolis œillets carmin), le passant dis-je n'ignore plus que Jeanne d'Arc foula ces mêmes pavés, le 20 décembre 1430, lorsqu'elle fut emmenée du Crotoy à Rouen. Mais les autres visiteurs illustres (à l'exception de Guillaume et de Bonaparte) manquent de repères matériels où accrocher profitablement leurs noms, et c'est dans les monographies d'histoire locale qu'il sied d'aller s'instruire sur le compte de leurs rapports avec Saint-Valery.

A moins que l'on ait la bonne fortune d'entendre le docteur Lomier lui-même évoquer silhouettes et décor avec le fin sourire d'une délicate bonhomie et dont le langage à la fois précis et familier d'une érudition aussi étendue que modeste. Je n'empiéterai pas ici sur son rôle et laisse au curieux déja séduit par le charme de la baie Valericaine et qui voudrait connaître un peu plus de son passé humain, le soin d'aller heurter à la porte de la « Tour aux Anges », l'aimable retraite que l'auteur de la présente étude sur Anatole France s'est fait construire dans le classique appareil architectural du Vimeu, où les assises de silex noirs alternent avec le calcaire, et qui symbolise, non moins que les pages que l'on va lire l'affection de l'aimable savant et lettré envers sa petite patrie.

Saint-Valery, 25 juillet 1927.

Théo VARLET.

ANATOLE FRANCE

A

SAINT-VALERY-SUR-SOMME

Discours prononcé le 15 Août 1927
à l'occasion de l'inauguration
d'une plaque commémorative.

Mesdames

Messieurs,

Le 23 Juin dernier, dans son discours de réception à l'Académie Française, M. Paul Valéry qui succédait à Anatole France, essayant de définir les grâces du style de son prédécesseur, s'exprimait ainsi : « Il sembla que l'aisance, la clarté, la simplicité revenaient sur la terre. »

N'est-il pas vrai que ces trois mots : aisance, clarté, simplicité résument en un raccourci saisissant la manière de l'écrivain qu'en ce jour nous proposons d'honorer.

Mais venons au fait.

Quinze années se sont écoulées depuis que l'attention des Valericains fut attirée pour la première fois sur le séjour d'Anatole France à Saint-Valery-sur-Somme. La date en parut d'abord incertaine, comme aussi la personnalité d'un historien qui, pendant toute la durée de la villégiature, fut son compagnon, habitant avec lui sous le même toit.

Sur la foi de renseignements assez vagues ne reposant sur aucun document écrit; par l'évocation de souvenirs déjà lointains puisqu'ils remontaient à plus d'un quart de siècle, on avait pensé tout d'abord que l'année du séjour était 1888 et que le personnage compagnon d'Anatole France avait été Augustin Thierry, l'auteur célèbre des *Récits des Temps Mérovingiens* et de l'*Histoire de la Conquête de l'Angleterre par les Normands*, etc...

Sur ce point, l'erreur était manifeste, l'anachronisme certain, Augustin Thierry étant décédé en 1856.

Nous ne nous trouvions pas moins en présence de deux petits points d'histoire locale qui valaient d'être fixés de manière à n'autoriser plus aucun doute.

Il arriva alors que l'humoriste et artiste dessinateur Georges Auriol dont le talent et la réputation s'affirment de jour en jour, connaissait Augustin Thierry, petit, neveu de l'auteur des *Temps Mérovingiens*. Mis par nous au courant de la question, il lui écrivit, car rien de ce qui touche Saint-Valery ne laisse Georges Auriol indifférent.

La réponse lui parvint sans retard

Mon cher confrère,

Voici les renseignements que vous avez bien voulu me demander; mes souvenirs sont forts précis et je puis vous en garantir l'exactitude.

Ce n'est pas, bien entendu, l'auteur des Récits des Temps Mérovingiens, mort depuis trente ans, qui s'en vint en compagnie d'Anatole France, villégiaturer à Saint-Valery sur-Somme avec sa famille, mais son neveu, mon père, le romancier et l'historien Gilbert-Augustin Thierry.

La date de ce séjour se place non pas en 1888, mais deux ans plus tôt, en 1886. Cette année-là, les vieux habitués de la baie de Somme se le rappellent peut-être encore, le remorqueur du port, l'Amaranthe, se mit au plein et ne put être renfloué.

Anatole France était accompagné de sa femme et de sa fille Suzanne, alors une fillette de six ans devenue aujourd'hui Mme Psichari.

Il est également fort exact que mon père fit choix à Saint-Valery d'un secrétaire auquel il dicta en partie son roman le Masque qui parut l'année suivante dans la Revue des Deux-Mondes.

Anatole France se préoccupait alors vivement de recueillir sur place des renseignements sur le passage de Jeanne d'Arc au Crotoy, de Jeanne d'Arc prisonnière des Anglais. Il les a depuis utilisés dans son Histoire de l'héroïne lorraine. (1) »

Cette lettre écrite en 1911 est probante ; elle ne laisse subsister aucun doute ni quant à la personnalité du compagnon d'Anatole France à Saint-Valery, ni quant à la date de son séjour.

Au surplus, une consultation facile à faire sur place, des archives de l'Inscription maritime du petit port picard, archives qui nous sont des plus familières, permit

---

(1) « En 1657, le père Ignace de Jésus Maria (Jacques Sanson) parlant de Jeanne d'Arc dans son « Histoire des comtes de Ponthieu », dit qu'au sortir des murailles du Crotoy, on la mit dans une barque, accompagnée de plusieurs gardes, pour lui faire passer le trajet de la rivière de Somme. Renchérissant sur ce texte, Anatole France a écrit ces mots : « à marée haute ».

Nous croyons avoir démontré dans une brochure encore inédite « *Les dernières étapes de Jeanne d'Arc* », que la traversée du Crotoy à Saint-Valery n'a pu avoir lieu de mer haute, sans faire courir le risque à l'héroïne de périr noyée, ou d'arriver trop tard le soir même à la Ville d'Eu avec cet autre risque d'être enlevée par les Dauphinois. D'où la conclusion que la traversée de la baie de Somme par Jeanne d'Arc, prisonnière, s'effectua à mer basse, sur les sables, mais le trajet de la rivière en barque, le 20 décembre 1430. *Conséquemment* — nous signalons le mot avec intention — l'arrivée à Rouen eut lieu le 23 du même mois, avant la tombée de la nuit.

Dr. E. L.

de constater que le remorqueur du port, l'*Amaranthe*, s'échoua en effet dans la baie de Somme le 25 Août1886 et ne put être renfloué.

Signalons en passant que Gilbert-Augustin Thierry avait aussi écrit à Saint-Valery, *Marfa* (le Palimpseste) dont la dédicace porte les traces des rapports intellectuels qui venaient de l'unir à Anatole France pendant leur séjour commun à Saint-Valery.

Et maintenant, dans quelle rue, dans quelle maison habita Anatole France ?

Voici. —

Le 1ᵉʳ Août de cette année-là, vers midi, la voiture qui faisait le service de la gare du Nord s'arrêtait rue de la Ferté devant la maison qui porte aujourd'hui le nᵒ 110. En 1886 les maisons de Saint-Valery n'étaient pas numérotées et ne le furent que l'année suivante. On n'y voyait alors au coin des rues que des plaques indicatrices en mauvais état. L'année du séjour d'Anatole France, les deux maisons actuellement 108 et 110 de la rue de la Ferté, correspondant aux numéros 73 et 75 du quai Blavet, (1) communiquaient entre elles par une porte percée entre les cuisines de chaque immeuble, porte qui a été bouchée depuis. Cette disposition des lieux a fait supposer à d'aucuns qu'Anatole France demeura au nᵒ 110 et que son ami Gilbert-Augustin Thierry habita le nᵒ 108. Il n'en est rien ; la maison choisie qui compte sept chambres à coucher pouvait recevoir les deux familles et il en fut ainsi.

De la voiture arrêtée rue de la Ferté descendirent plusieurs voyageurs : Anatole France, sa femme et leur fille Suzanne alors âgée de six ans, Gilbert-Augustin

____

(1) Du nom de Pierre Benoît Blavet, capitaine de vaisseau Valerîcain, mort des suites de ses blessures après le combat du 13 Prairial An II (1ᵉʳ Juin 1794) célébre par l'épisode du vaisseau « Le Vengeur ».

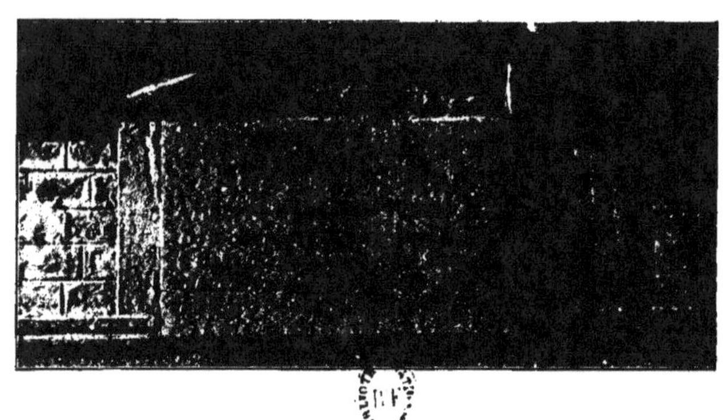

FAÇADE SUR LA BAIE DE SOMME

- DE LA MAISON QU'HABITA -

ANATOLE FRANCE

EN 1886

Photo J. MOUQUET

Thierry, sa femme et leurs deux enfants, Jacqueline et Augustin. Suivaient deux domestiques qui s'occupèrent aussitôt des bagages. Sur le pas de la porte, la locataire de la maison, Mme Chevalier, qui en est aujourd'hui propriétaire, les accueillit. On était convenu d'avance du prix de location pour deux mois, huit cents francs.

Un des premiers mouvements du maître consista dans une inspection rapide des appartements qu'il allait habiter pendant les mois d'août et de septembre. On commença par les pièces du rez-de-chaussée afin de choisir celle qui servirait de cabinet de travail, on dirait plus volontiers aujourd'hui de studio. D'un commun accord, Anatole France et Gilbert-Augustin Thierry jetèrent leur dévolu sur une pièce rectangulaire d'assez belle dimension, fort bien éclairée par deux fenêtres exposées au Nord-Est, très fraîches par conséquent et donnant directement sur la baie de Somme.

Ces fenêtres, nous les avons sous les yeux.

Le cabinet de travail communiquait de plain-pied avec une terrasse pourvue d'une large grille formant balcon. Les deux amis durent fréquemment s'y accouder le soir pour comtempler le panorama de la baie de Somme et de magnifiques couchers de soleil lorsque l'astre du jour tombe en mer entre les pointes du Hourdel et de Saint-Quentin. La terrasse est devenue une véranda après suppression de la grille (1)

Les femmes et les enfants faisaient de leur côté l'ascension des étages et visitaient les chambres à coucher. Dans les escaliers retentissaient les cris joyeux de Suzanne, d'Augustin et de Jacqueline.

____

(1) Cette grille orne aujourd'hui selon les uns, dépare selon les autres, le sommet de l'antique *Tour aux Anges*, près du Monument aux Morts de la Grande Guerre.

Dès le lendemain, les écrivains en vacance s'étant assurés, chacun le concours d'un secrétaire, Eugène Lacolley pour Anatole France, Albert Lucas pour Gilbert-Augustin Thierry, inaugurèrent leurs promenades et excursions.

Le maître s'étant mis tout de suite au travail commençait le vendredi 13 août, la rédaction des pages qui figurent aujourd'hui dans celui de ses ouvrages qui a pour titre « Pierre Nozière » (1)

Vous pouvez en lire quelques lignes du texte sur la plaque que nous inaugurons en ce jour : « *De la chambre où j'écris, on découvre toute la baie de Somme... Un vent salé fait voltiger les papiers sur ma table et m'apporte une âcre odeur de marée* »

Quel enchantement, d'accompagner par la pensée le célèbre écrivain dans une de ses promenades sur la digue ombragée de tilleuls, alors bordée d'un côté par un jardin public et doucement caressée de l'autre côté par les vaguelettes d'une mer apaisée. Son observation attentive et raisonnée ne néglige aucun détail ; rien ne lui échappe, depuis la vieille église et les remparts altiers de la Haute-Ville jusqu'à l'arrivée de la flottille des pêcheurs de crevettes, la bénédiction d'une embarcation tout récemment construite et le coin-coin satisfait des canards de la baie, compagnons habituels des chasseurs de sauvagine.

Bientôt, n'en déplaise à un historien moderne, lui aussi des plus célèbre, on pourra lire, toujours dans « Pierre Nozière », toute une page consacrée au départ de Saint-Valery pour l'Angleterre de la flotte de Guillaume-le-

----

(1) *Pierre Nozière,* chez Alphonse Lemerre, Paris 1899. Cet ouvrage avait été publié bon nombre d'années auparavant dans les colonnes du journal *le Temps* ou l'auteur était chargé de la *Vie Littéraire.*

Conquérant, il y aura neuf cents ans en mil-neuf cent soixante-six. (1)

Mieux guidé par un cicerone improvisé autant que peu au courant de l'histoire locale, conduit par lui dans une petite rue montueuse du quartier de la Haute-Ville, Anatole France curieux de tout connaître, n'eut sans doute pas manqué de demander quelques explications quant au nom de cette rue, la rue *Gautier*. Il rappelle celui du seigneur de Saint-Valery à l'époque, (1066) alors que la flotte normande se trouvait à l'ancre ou échouée dans la baie. Gautier fut compagnon du duc de Normandie dans son extraordinaire aventure, il combattit à ses côtés à la bataille d'Hastings : « Le sire de Saint Galeri bien i feri ». (2) Guillaume l'en récompensa par le don magnifique d'immenses propriétés qui formèrent alors le domaine d'Isleworth, dans l'actuel comté anglais de Middlesex. (3)

L'ascension de la falaise conduit les promeneurs dans le voisinage de la porte Guillaume encore vierge à l'époque de la plaque commémorative du passage de Jeanne d'Arc le 20 décembre 1430, de Jeanne d'Arc que de ses fenêtres donnant sur la digue, il avait pu suivre par la pensée dans sa traversée de la baie de la Somme, du Crotoy à Saint-Valery.

Le 13 août, un enfant de treize ans se noyait à quelques pas de la rive. Anatole France assista à ses obsèques dans la vieille église qui domine la mer. En des termes qui font preuve d'une grande sensibilité et de la bonté de son cœur, il a dépeint la douleur du père dont les san

____

(1) Consulter sur ce sujet le *Bulletin trimestriel* n° 1, année 1926, p. 50-75, *de la Société des Antiquaires de Picardie* - Amiens, Siège de la Société, au Musée de Picardie et Imprimerie Yvert et Compagnie, 37 Rue des Jacobins.

(2) Robert Wace — Roman de Rou.

(3) Domesdaybook.

glots secouaient les hautes épaules et le collier de barbe grise. « Mais elle, la mère, debout , immobile, muette dans sa pelisse antique, elle tenait son capuchon baissé au-dessous de sa bouche et sous ce voile, elle amassait sa douleur. » (1).

Poursuivant ses excursions, le promeneur infatigable arrive au *Cap Cornu* (2) immortalisé par lui dans une page où il est parlé des « grands ormes qui frissonnent au vent du large » Le nom de ce promontoire est inséparable de celui de Valery ou Gualaric, le moine bénédictin des anciens jours qui fut l'apôtre du Vimeu. Dans « Pierre Nozière », le maître ne manquera pas d'évoquer l'histoire de Gualaric, histoire bien digne de la plume qu'elle inspira.

Mais ce n'est pas seulement dans son ouvrage écrit à Saint-Valery qu'Anatole France a dépeint la sauvage majesté du paysage celtique que rappelle la vue du Cap Hornu. Dans une page dédiée à Ernest Prarond, l'historien, le poète et le prosateur vénéré des Abbevillois comme de tous ceux qui l'ont connu ou seulement approché, il évoque la gent emplumée, les troupes innombrables d'oiseaux de passage habitués de la contrée, qui, la saison venue fuient à tire d'ailes vers le Septentrion. « Le cri aigu du héron et la plainte des courlis s'élevaient des grèves pâles où le cygne, l'oie sauvage et le grèbe chassés par les glaces venaient passer l'hiver dans les s… les marins ». (3)

Les régates de la baie de Somme, la distribution des prix aux enfants des écoles, une fête foraine sur la place des Pilotes, aujourd'hui place de l'amiral Courbet, retiennent son attention. Rien ne laisse indifférent le

---

(1) Pierre Nozière, cité, p. 226.

(2) Plus ordinairement dénommé *Cap Hornu*.

(3) Anatole France à Ernest Prarond.

maître narrateur, à l'exception toutefois de la tour Harold qu'il trouva probablement trop décrépite, mais qui accorde un souvenir à la brinqueballe à l'aide de laquelle on plongeait sans pitié dans le *Flot* (1) les femmes adultères qu'il qualifie « victimes des passions de l'amour». Un éminent autant qu'indulgent professeur du Nord où il enseigne la littérature française, traitant du même sujet au cours d'une conférence, usa d'un terme adouci « péché mignon ».

Pendant son séjour dans l'ancienne capitale du Vimeu, le futur académicien avait reçu quelques visites intéressantes de la part d'hommes de lettres, touristes de passage, qui ne négligèrent pas de venir saluer leur éminent confrère. Nous citerons parmi eux le romancier Adolphe Racot, aujourd'hui bien oublié, mais surtout Fernand Calmettes, auteur du roman *Brave fille* dont les principaux épisodes eurent pour théâtre Saint-Valery et la baie de Somme. En sa compagnie, Anatole France traversa un jour la baie à mer basse, sur les sables de la grève; peu après il rappela le souvenir de cette excursion dans une *Vie Littéraire* du journal *Le Temps.*

Les jours succédant aux jours, l'heure du départ avait sonné « Madame, dit Anatole France à son hôtesse qui lui faisait ses adieux, vous connaissez mon adresse, si vous avez besoin de mes services, écrivez-moi et je ferai mon possible pour vous donner satisfaction ».

Dernière manifestation, avant le départ, d'une bonté agissante et vraie.

Anatole France, âgé de 80 ans est décédé à la Béchellerie, près de Tours, dans la nuit du dimanche 12 au

---

(1) On donnait ce nom à un réservoir d'eau ceinturé de larges pierres de gré et comptant plusieurs siècles d'existence. Il a disparu ; une inscription voisine en conserve le souvenir (Rue Jean de Bailleul).

lundi 13 octobre 1924 ; son compagnon, Gilbert-Augustin Thierry l'avait précédé dans la tombe dès le mois de novembre 1915.

En quittant notre petit pays le célèbre écrivain ne soupçonnait guère que la ville de Saint-Valery-sur-Somme ne l'oublierait pas, qu'elle conserverait fidèlement son souvenir. Elle en donne aujourd'hui la preuve par l'apposition de cette plaque sur la maison qu'il habita il y a plus de quarante ans.

Lui non plus n'avait pas perdu le souvenir de la baie de Somme et il en donna aussi la preuve. Plusieurs années s'étaient écoulées depuis qu'il avait séjourné à Saint-Valery, lorsque dans « *Crainquebille* » un de ses ouvrages postérieurs, il situa les diverses phases d'une nouvelle, « *Le Christ de l'Océan* ». On y lit ces mots que l'auteur place dans la bouche du Christ : « Je suis véritablement le Dieu des Pauvres et des Malheureux ».

Je ne voudrais pas abuser des citations ni de la bienveillante attention de ceux qui m'écoutent. Qu'il me soit permis cependant de rappeler ici une pensée du maître qui mériterait d'être gravée sur le fronton de nos monuments, s'il était possible de la condenser en une formule lapidaire suffisamment concise. « Nous appelons dangereux ceux qui ont l'esprit fait autrement que le nôtre, et immoraux ceux qui n'ont point notre morale ; nous appelons sceptiques ceux qui n'ont point nos propres illusions sans même nous inquiéter s'ils en ont d'autres. » (1)

En consacrant cette plaque au souvenir d'Anatole France, nous avons voulu saluer en lui l'homme de cœur et le philosophe, surtout l'écrivain et le styliste, le maître de la langue française. N'a-t-il pas écrit en par-

____

(1) *Le Jardin d'Epicure,* p. 116.

lant d'elle qu'elle était une vraie femme. « Et cette femme est si belle, prononce-t-il en matière de conclusion, elle est si fière et si modeste, si hardie, si touchante, si voluptueuse et si chaste, si noble et si familière, qu'on l'aime de toute son âme et qu'on n'est jamais tenté de lui être infidèle » (1)

Ce sera notre mot de la fin, à une époque où la belle langue française est envahie chaque jour un peu plus par des locutions étrangères dont elle n'a que faire.

Mais, lisez « Pierre Nozière », les pages surtout consacrées par Anatole France, à la vieille et noble cité de Saint-Valery, vous y passerez d'agréables moments et ne regretterez pas votre lecture. C'est écrit en bon français et du meilleur.

Deux mots encore, si vous permettez, pour remercier d'abord les souscripteurs de la plaque commémorative, pour vous remercier aussi, Mesdames et Messieurs, d'être venus assister si nombreux à cette simple cérémonie d'inauguration.

La Tour aux Anges.

Saint-Valery-sur-Somme, 15 août 1927.

Docteur LOMIER.

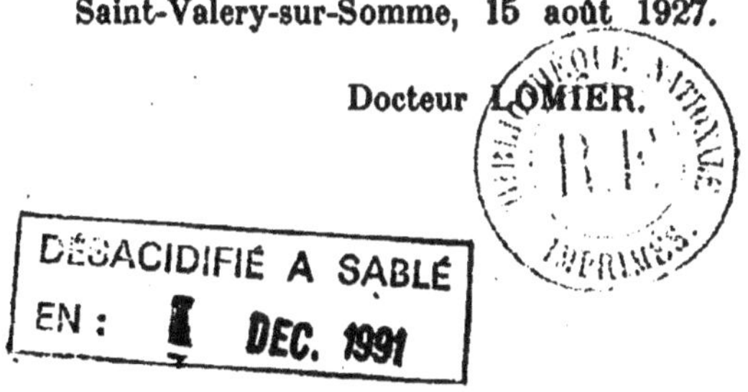

---

(1) *Les Matinées de la Villa Saïd* ; propos d'Anatole France, recueillis par Paul Gsell, Paris, Bernard Grasset, 1924.

IMPRIMÉ PAR LA NOUVELLE SOCIÉTÉ

ANONYME DU PAS-DE-CALAIS

5, BOULEVARD DE STRASBOURG, ARRAS

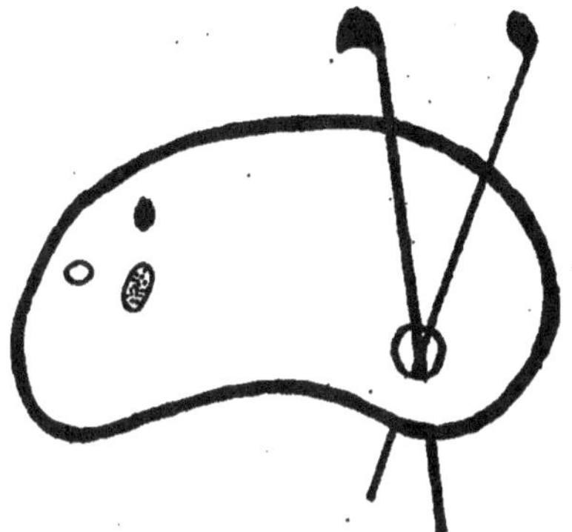

ORIGINAL EN COULEUR
N° Z 43-120-8